Vamos a comprar un poeta

Afonso Cruz (Figueira da Foz, Portugal,
1971) es escritor, director de películas
de animación, ilustrador y músico.
Ha publicado una treintena de títulos
de ficción y no ficción, entre ellos
A carne de Deus (2008), *A contradiçao
humana* (2010), *Jesucristo bebía cerveza*
(2012; Libro del Año por *Time Out
Lisboa* y por los lectores de *Público*),
La muñeca de Kokschka (2010; Premio
de Literatura de la Unión Europea),
Un pintor debajo de un fregadero
(2011) y *Vamos a comprar un poeta*
(2016; Libros del Asteroide, 2025).

Afonso Cruz

Vamos a comprar un poeta

Traducción de Rita da Costa

LIBROS DEL ASTEROIDE

Primera edición, 2025
Cuarta reimpresión, 2026
Título original: *Vamos Comprar um Poeta*

Copyright © Afonso Cruz, 2016
Publicado por acuerdo con Ampi Margini Literary Agency
y con la autorización de Afonso Cruz
© de la traducción, Rita da Costa, 2025
© de esta edición, Libros del Asteroide S.L.U.

Publicado por Libros del Asteroide S.L.U.
Santaló, 11, 3.º 1.ª
08021 Barcelona
España
www.librosdelasteroide.com

Ilustración de la cubierta: © Constanza Díez

ISBN: 978-84-10178-34-2
Depósito legal: B. 9039-2025
Impreso por Liberdúplex
Impreso en España - Printed in Spain
Diseño de colección: Enric Jardí
Diseño de cubierta: Duró

Este libro ha sido impreso con un papel ahuesado,
neutro y satinado de cien gramos, procedente de bosques
correctamente gestionados y con celulosa 100 % libre de cloro
y ha sido compaginado con la tipografía Sabon en cuerpo 11.

Índice

Treinta gramos de espinacas

Hoy he comido treinta gramos de espinacas, el kilo cuesta dos euros treinta, echando cuentas se necesitan treinta céntimos al día para tener algo de vitamina k, según un estudio. Mi padre ejerció veinte gramos de fuerza en la puerta de la cocina y dijo muy alto, antes de dejarnos en la cara uno o dos miligramos de saliva, o besos, si nos ponemos poéticos: crecimiento y prosperidad.

Yo le pagué con la misma moneda.

Dicen que es bueno intercambiar afectos, une a las personas y crea una especie de beneficio que, pese a no ser de calidad, puesto que no es material ni puede reducirse a cifras ni deducirse en los impuestos ni generar ingresos, hay quienes creen —es una cuestión de fe— que puede aportar dividendos.

Mi padre dice que son fantasmas, cosas que no existen, materia inmaterial, pero hay estudios que sostienen la teoría de que depositar unos mililitros de saliva en el pómulo de otra persona, por extraño y grotesco que parezca, genera beneficios.

Pómulo viene del latín *pomulum*, que quiere decir «manzanita», lo que resulta extraño e incomprensible, puesto que está demostrado más allá de toda duda que no tenemos manzanas en la cara; todo el mundo sabe que nacen en los hipermercados, o por lo menos que allí se recogen para asegurar la salud y la nutrición más elemental.

Exponencialmente tonto

Mi hermano es exponencialmente tonto. Calza un cuarenta y cuatro y tiene granos, entre treinta y cuarenta en cada mejilla (un nombre mucho más lógico que «pómulo»), sin contar la frente, el mentón y la nariz. Lleva gafas. Sus cejas son casi inexistentes debido al déficit de vello, y cuando abre la boca dice cosas del tipo «tásate» o «no me desvalijes la cartera» (que quiere decir que lo estoy incordiando) o «súbeme el tipo de interés» (que tanto puede soltar cuando no entiende lo que le digo —algo que pasa a menudo— como cuando quiere mostrarse atrevido con una chica). Es bastante enamoradizo, lo que lo condena a una bancarrota emocional casi constante. Más del noventa por ciento de sus compañeros y el setenta y cuatro por ciento de la familia coincide en el diagnóstico: es un bobalicón.

Al llegar a casa, lo saludé con la habitual fórmula de cortesía: crecimiento y prosperidad. Él contestó haciendo un gesto obsceno con el dedo corazón de la mano derecha y sacando la lengua mientras abría la boca. Llevaba una camiseta patrocinada por una gasolinera.

Se sentó en la cocina a comer galletas de jengibre mientras demostraba, mediante palabras y gestos, el calor sentimental que lo abrumaba.

—Me he enamorado —dijo.

—¿Cuánto? —le pregunté.

—Un setenta por ciento.

—¡Guau!

—Esta vez va en serio.

—¿Un setenta por ciento?

—Quizá más, setenta y dos o incluso setenta y tres. Aún no he hecho un estudio.

—Con x89234 también te encariñaste en ese porcentaje.

—Sí, pero entonces estaba pasando una época de gran fragilidad interna.

—¿Tenías hambre?

—No me desvalijes la cartera.

Me encogí de hombros:

—¿Estás seguro de que esta vez sí va en serio?

—Como que dos y dos son cuatro.

—¿El setenta y tres por ciento, dices?

—Eso es. No menos del setenta, en cualquier caso.

—Me parece sólido. ¿Y ella?

—Hoy, cuando me ha mandado a frotar monedas, me dio la impresión de que estaba realmente dispuesta a formar sociedad conmigo, pero cuando me acerqué y se puso a chillar comprendí que tal vez no esté enamorada de mí más que un treinta o treinta y seis por ciento.

—Pero ¿hay margen para el crecimiento?

—Sin duda.

¿Cómo de grande?

Me pareció muy raro que accedieran a mi petición —que enseguida relataré—, sin necesidad de presentar una petición por escrito. Me faltan números para describir lo feliz que me hizo esa decisión. Por la noche, durante la cena, me levanté y anuncié:

—Me gustaría tener un poeta. ¿Podemos comprar uno?

Mi madre no dijo nada, se limitó a recoger la mesa —cuatro platos hondos, cuatro cucharas soperas— y a informar a los comensales —mi padre, mi hermano y yo— de que la carne se serviría enseguida, al cabo de treinta segundos. Mi padre acabó de masticar un trozo de pan, cerca de trece gramos, movió las mandíbulas cinco veces y preguntó:

—¿Por qué no un artista?

Mi madre dijo:

—Ni hablar, lo ponen todo perdido, la señora 5638,2 tiene uno y gasta entre tres y cuatro horas diarias para limpiar la suciedad que hace su artista con las pinturas en esos objetos blancos.

—Lienzos.

—Eso.

—De acuerdo —dijo mi padre—, compraremos un poeta. ¿Cómo de grande?

Cómo elegir un poeta

El día señalado, mi padre y yo fuimos a una tienda. Él no es alto y yo tampoco. De hecho, ese es el motivo por el que mis compañeros de clase me llaman salario mínimo, algo que existió hace tiempo, pero que por suerte se abolió porque, según dicen, suponía un obstáculo a la más elemental competitividad.

En la tienda había toda clase de poetas: bajos, altos, rubios, con gafas (estos son más caros), siendo la mayor parte de ellos —un sesenta y dos por ciento— calvos, y el sesenta y ocho por ciento, barbudos.

Me encapriché de uno que era ligeramente jorobado, tenía una escoliosis con una curvatura alargada.

Vestía un chaleco de paño —setenta y cinco por ciento lana y los veinticinco restantes nailon—, pantalón de pana marrón, pantone setecientos treinta y dos, zapatos de piel muy desgastados. Se sorbía la nariz y llevaba un libro debajo del brazo. Ninguna de sus prendas estaba patrocinada por una marca.

Mi padre saludó al dependiente con la cortesía propia de las circunstancias: siempre hay una gran solemnidad, cierta sacralidad incluso, en el acto de iniciar una posible transacción comercial:

—Que los números le sean favorables —dijo.

—Prosperidad y crecimiento —repuso el dependiente.

Mi padre señaló al poeta que se sorbía la nariz y cuyas prendas no estaban patrocinadas y preguntó si ese ejemplar era subversivo, que es el rasgo más temido en los poetas, el equivalente a la agresividad en los perros.

El dependiente contestó:

—Está por debajo del dos por ciento. Siempre conviene que sean un poco subversivos; de lo contrario, la calidad poética baja demasiado y no generan beneficios, nadie los compra, acaban siendo reemplazados por bailarines o hámsteres.

—¿Qué come?

—De todo. No son muy tiquismiquis. Con frecuencia, tres o cuatro veces por semana, llegan incluso a olvidarse de comer. Los hay que dejan la comida a medias y se levantan para deambular sin rumbo fijo. Coincide a menudo con la puesta de sol, la luz de luna o la niebla, es una conducta típica. No se extrañen si los ven inmóviles mucho rato, como si estuvieran echando cuentas. No es el caso, son incapaces de hacer la más elemental de las sumas. Esas pausas son precisamente los instantes en que empiezan a crear poemas en su mente. Es un proceso fascinante. No se arrepentirán de comprar un poeta. Y son mucho más limpios que los artistas.

—Eso tenía entendido.

—¿Hay algo más que debamos saber sobre el cuidado de uno de estos ejemplares? —pregunté yo.

—Para tenerlo entretenido, cómprele libretas con hojas en blanco y bolígrafos. También puede adquirir algunos libros. Los tenemos de distintas marcas.

Detenerse a contemplar las mariposas

Mi padre tiene poco pelo, casi podría contárselo o, por lo menos, hacer una estimación de cuánto le queda. Hay una zona, en la coronilla, que permite una contabilidad más inmediata, ya que en esa región es inexistente. Lo que hace mi padre es coger varias decenas de cabellos que le cuelgan sobre la oreja izquierda y los obliga a emprender una migración hasta la zona correspondiente del lado derecho. Cuando se enfada, lo que ocurre entre una y cuatro veces al día, esos cabellos se salen de sitio y quedan colgando sobre el lado izquierdo de la cabeza, su lugar de origen, llegando incluso a rozarle el hombro. Mi padre intenta corregir ese movimiento involuntario del pelo, pero nunca le sale tan bien como cuando acaba de salir de la ducha y se peina frente al espejo. Dimos trecientos cuarenta y dos pasos desde la tienda hasta nuestra casa. Mi padre, el poeta y yo.

Una sensación extraña. Mientras caminábamos, el poeta me dio la mano.

Cuando veía mariposas, se detenía a contemplarlas.

Sucedió dos veces durante el trayecto.

Hacer la cama

Ya en casa, mi padre ordenó a mi madre que le hiciera la cama al poeta.

—¿Dónde? —preguntó ella.

—Debajo de la escalera —dijo mi padre— hay tres metros cuadrados. Hemos comprado un poeta pequeño, allí cabrán una cama plegable y una mesita en la que podrá desarrollar sus actividades diarias.

Mi hermano bajó la escalera, que estaba patrocinada por una empresa de telecomunicaciones. Se detuvo, arrimado a la barandilla, y miró al poeta con una sonrisa sarcástica. Movió la cabeza a uno y otro lado, cinco veces, como diciendo que soy una caprichosa y que solo me intereso por cosas inútiles y de

escaso valor en lo que se refiere al crecimiento económico o con un valor de mercado irrisorio.

El poeta miraba a todas partes. Debía de sentirse
dichoso, ahora que había encontrado un hogar.

Mi madre asintió en silencio, inclinando el mentón
hacia abajo, y subió los treinta y tres escalones que
llevaban a la primera planta, donde quedaban los
dormitorios. Volvió con dos sábanas y una manta.

Las dejó sobre el sofá del salón. Abrió la cama plegable y la arrastró hasta el hueco que hay debajo de
la escalera después de haber limpiado sus dos coma
cinco metros cuadrados (mi padre había exagerado
al calcular el espacio disponible).

Hizo la cama.

Colocó junto a esta una mesita que servía de apo-
yo al sofá, sobre todo para que mi padre posara el
whisky y lo dejara allí olvidado entre media hora y
cuarenta y cinco minutos (o menos) después de sen-
tarse y empezar a beberlo. Tenía un sobre redondo
de cristal templado que medía treinta y siete centímetros de diámetro. Bonita, diría un poeta.

¿Y qué hace?

El poeta se acercó al sofá y deslizó las manos por el tapizado.

—Es un sofá —dije yo, pero él ni siquiera me miró.

Tampoco es que lo esperara, pues los estudios afirman que los poetas viven desconectados de la realidad y de quienes los rodean. No es que sean tontos, sino que es más bien un rasgo propio, como ser muy bajito, pongamos, por debajo del metro cuarenta, o tener manchas negras como las vacas lecheras que aparecen en los envoltorios de los chocolates importados de Suiza o Bélgica.

Mi madre alisó las sábanas, patrocinadas por una empresa de exportación de frutas y verduras, giró unos cuarenta y cinco grados, se agachó un poco y dio tres palmadas con la mano derecha sobre la cama al tiempo que sonreía al poeta. Ese gesto significaba: venga, túmbate.

El poeta se acercó despacio.

Le brillaban los ojos.

No sé si eran lágrimas.

Se sentó en la cama.

Nos quedamos inmóviles observando la escena.

El poeta se quitó los zapatos.

Mi madre se retorcía las manos sobre el delantal.

El poeta se tumbó de espaldas y se llevó las manos al interior de la chaqueta.

Sacó un libro.

—Por Mammón, ¿qué va a hacer? —preguntó mi hermano, alarmado.

—Va a leer —contesté.

La cena

Mis padres invitaron a un grupo de amigos.

Nos sentamos todos a la mesa. Sobre la mesa, que era de caoba, había dos candelabros de peltre, dos velas de estearina encendidas, un mantel patrocinado por el perfume *Fragance Très Très Oriental 2.1*, platos, cubiertos y servilletas de tela para once personas, a saber: mi madre, mi padre, el poeta, mi hermano, yo y seis invitados a los que, en adelante, me referiré por orden de llegada, es decir, invitado 1, invitado 2, invitado 3, etcétera, es decir, de forma ordinal. El género de cada comensal es irrelevante, por lo que me abstendré de señalarlo.

La cena se componía de un aperitivo (cien gramos de paté de hígado, quince panecillos variados de unos treinta gramos cada uno), crema de coliflor, doscientos mililitros por plato, y salmón como plato principal, lomos de ciento cincuenta gramos de ejemplares criados en piscifactoría, acompañado de verduras salteadas en aceite (veinte mililitros de grasa poliinsaturada), dos dientes de ajo, pimienta y sal al gusto.

—¿Tienes un poeta? —preguntó el invitado 3 mientras esparcía paté de hígado sobre un trozo de pan que medía dos o tres centímetros en su parte más ancha.

—Así es —contestó mi padre.

—¿Come con vosotros a la mesa?

—En efecto.

—¿Y qué hace?

—Poemas.

—¡Guau! Maravilloso —dijo el invitado 6—. Me encanta la poesía.

—¿No hace mucho ruido? —preguntó el invitado 1.

—No creas —dije yo.

—Me parece fascinante —dijo el invitado 6.

—A mí me aburre —dijo el invitado 3—. Mi cónyuge tuvo un escultor de pequeño.

—Lo ponen todo perdido —dijo mi madre.

—¿Los cónyuges?

—Los escultores.

—Sí, pero dicen que vale la pena, que se adquieren instantes de belleza que, aun siendo inmaterial, hay quienes creen que hace falta.

—Paparruchas —dijo el invitado 2.

—El caso es que trabajan muy bien la piedra —dijo el invitado 3.

—¿Quiénes? —preguntó el invitado 5.

—Los escultores.

—¿A eso se dedican?

—Pueden hacer las cosas esas con otros materiales... diría. Quizá también con madera o incluso con plástico. Pero el de mi cónyuge trabajaba la piedra.

—Qué lástima que ese trabajo no sirva para nada. ¿No podría contratarlos una empresa de explotación minera? —preguntó el invitado 6.

—No pueden trabajar aunque quieran. Tienen la enfermedad esa —contestó mi hermano.

Mi padre pidió al poeta que recitara un poema. Él se levantó. Se oyó *Jdjdjdjfjfjjfjfjfjjfif-jjfk*, pero lo que el poeta dijo fue *Hojas de las tumbas, hojas del cuerpo creciendo sobre mí, sobre la muerte*.

—No entiendo nada —dijo el invitado 4.

—*Dddffghhhhhg* —dijo el poeta, o sea, algo así como *siete rosas más tarde* (este me gustó porque contenía un número, aunque fuese de poco valor, por debajo de la decena).

—Estupendo, estupendo —aplaudió el invitado 6.

—*Hhjjdjdjjjjdjjjjd* —dijo el poeta, que es lo mismo que *en el margen extremo de la mirada: a Mí buscarme has en ti.*

—Qué velada tan fantástica, si hasta tenemos poesía —comentó el invitado 6.

—*Hhhjxhsjjjsjjjsjjsjsjkkkk* —dijo el poeta, o sea, *el camello lleva a cuestas el horizonte y su montañita.*

—¡Bravo! —exclamaron los comensales al unísono.

Una noticia terrible

Mi padre llegó a casa con una noticia terrible: la coyuntura exterior no nos era favorable y la fábrica estaba perdiendo valor de mercado.

Sucumbimos al pánico. Se nos disparó la tensión arterial, así como el latido cardiaco. Mi hermano fue el único que conservó cierta calma.

—Tendremos que apretarnos el cinturón —anunció mi padre.

—Nunca he entendido qué quiere decir eso —dijo mi hermano.

—¿El qué?

—Apretarse el cinturón.

—Quiere decir que no podemos gastar demasiado en compras, que tenemos que ahorrar, juntar dinero, reducir los gastos.

—Ya, pero ¿qué tiene que ver el cinturón con todo eso? ¿No sirve para sujetar los pantalones?

—Es un arcaísmo. Seguramente hace mucho tiempo el cinturón servía para impedir el consumo.

—*Nuestras sombras respiraban juntas y con ellas todo quedaba resguardado* —dijo el poeta.

—¿Qué? —preguntó mi padre, ejerciendo dos o tres kilos de presión sobre la mesa.

—Malas noticias, rapsoda —dije yo.

Él se sentó a mi lado y sonrió mientras recitaba:

—*Por numerosas que sean las hojas, la raíz es una sola.*

Seguramente no entendió que los números no estaban de nuestra parte.

Insistí:

—Estamos en crisis, poeta.

Y él se levantó porque entró una mosca. Se fue detrás de ella con el bloc y el bolígrafo.

En el colegio

En el colegio, cuando les dije a mis compañeras que había adquirido un poeta, noté que me envidiaban tan exótica posesión. NM792 comentó:

—Los poetas no entienden ni la más elemental pirámide de necesidades.

—¿A qué te refieres? —pregunté.

—Creen que comer verduras, cereales y lácteos, por ejemplo, es más importante que limitarse a consumir productos amorfos con tal de hacer que la economía circule.

—Eso no es cierto —dije.

Discutimos acaloradamente y a punto estuvimos de cancelar toda transferencia de afectos entre nosotras. NM792 llegó incluso a acusarme de inutilista, que es lo que mi hermano opina de mí, de forma injusta, pues no lo soy en absoluto. Me apetecía tener un poeta, ¿y qué? Numerosos estudios afirman que tener un artista, un bailarín, un actor o incluso un poeta ayuda a combatir el estrés, a bajar el colesterol malo, lo que nos hace ciudadanos y profesionales más productivos, concentrados y eficaces. Nada podría ser más útil que eso.

Mañana, pensé, le restriego esos estudios en la cara. Por supuesto, nada más llegar a casa me dispuse a salir de dudas, para lo que tenía que interrogar al poeta sobre la cuestión de la pirámide de las necesidades. El poeta deambulaba (creo que así caminan los poetas) por la casa con la mirada perdida en la línea de intersección entre el techo y la pared. Lo interpelé.

—¿Por casualidad crees que las verduras y la fruta son lo más importante en la pirámide de las necesidades?

—Por supuesto que no.

—¿Y qué es lo más importante?

—La libertad.

Habrase visto…

La Vía Láctea, según Mammón

A media mañana, en una pausa entre clases, vi que mi hermano se acercaba a BB9,2. Dio trece pasos, se detuvo a escasos y peligrosos setenta centímetros de ella, le dijo algo.

Ella miró a las dos amigas que la acompañaban. Primero a la de la izquierda, luego a la de la derecha, antes de echar la cabeza hacia atrás mientras soltaba una carcajada.

Por más que mi hermano sea un tonto de capirote, no sé si sabría inventar una frase que tuviera un efecto tan radical en alguien. Cualquiera que lo oiga puede sentir el impulso de poner los ojos en blanco, de soltar alguna maldición, pero nada demasiado intempestivo. Suele decir tonterías relativamente inofensivas, aunque resulten irritantes, que se solucionan alejándose diez o más pasos, hasta conquistar un radio de siete u ocho metros. A partir de esa distancia, comprenderá sin lugar a dudas que no estamos interesados en escucharlo. O que queremos que desaparezca. O que se muera a causa de una larga enfermedad. Pero semejante carcajada es algo nunca visto, lo normal es que la gente se aleje y punto.

Él no se dio cuenta de que yo observaba el inusitado suceso. Mi curiosidad era tal que el corazón empezó a latirme mucho más deprisa de lo habitual, con una cadencia tan rápida que me costaba contabilizarla. Necesitaba saber lo antes posible qué le había dicho a BB9,2 (vaya un nombre más pomposo, con esa coma y ese ridículo decimal).

Cuando lo encontré al salir de clase, le pregunté qué tal le había ido el día.

—Me estás desvalijando la cartera. ¿Por qué lo preguntas?

—Por nada.

—¿Por nada?

—Por nada.

—Ya estás con tus cosas inútiles. Por nada…

—Bueno, solo quería asegurarme de que todo va bien y que sigues siendo el hermano más despreciable de la Vía Láctea.

—¿La Vía Láctea tiene hermanos?

Mi madre nos esperaba a la puerta de casa. Estaba enfadada con el poeta.

Le pregunté qué pasaba.

—¿Que qué pasa?

—Sí, ¿qué ha pasado?

Mi hermano dijo:

—Por Mammón, ese poeta no hace más que dar problemas. Apuesto a que ha roto algo mientras hacía un verso o algo por el estilo.

Mi madre dijo que no, que no era eso.

—Aun así, yo lo echaría —dijo mi hermano.

—¿Y bien? —pregunté.

—Ahora no puedo hablar porque vuestro padre está a punto de llegar.

Ya no es un galimatías

Poco a poco, empecé a comprender lo que decía el poeta y ya no era un galimatías, sino que distinguía perfectamente sus palabras. Pero todavía pasaba mucho tiempo intentando desentrañar esas mentiras. Las metáforas.

—¿Metáforas?

—Sí —confirmó el poeta.

—Perdona, pero un zapato no es un guante enamorado de las manos equivocadas. En el mundo donde vivimos, a eso se le llama una mentira y está muy mal vista, nos resta puntos porcentuales de moralidad.

Y el poeta venga a argumentar con más mentiras. Valga como ejemplo este caso, en el que se emplearon veinte palabras y cuyo resultado es el siguiente:

Las migajas que vuelan más alto son las que prefieren los picos de los pájaros a los caprichos del viento.

¡Incomprensible en casi un ochenta y nueve por ciento!

Le pregunté qué eran los caprichos y me contestó que eran los pelos que tengo en lo alto de la cabeza, que por más que los peine siempre se levantan, como si estuvieran en un juicio.

—¿En un juicio?

—Sí, el juez siempre ordena al reo que se levante.

—¿El reo?

—El reo es la persona que debe levantarse en un juicio.

—Sé de sobra qué es un reo, y también un juicio, pero ¿qué tienen que ver los pelos con los reos?

—Bueno, yo le veo cierta relación.

Habrase visto…

Un poema desparramado en el suelo o pegado a la pata de una mesa

Estaba deseando quedarme a solas con mi madre para averiguar por qué estaba enfadada con el poeta. Siendo fin de semana, la situación se complicaba. Todos nos quedábamos en casa porque estábamos en fase de ahorro o cinturón apretado (perdonad el tecnicismo) y no podíamos salir a la calle a gastar dinero por más que quisiéramos, y debo confesar que nuestro más elemental anhelo de consumo estaba al rojo vivo, pues hacía más de treinta y dos horas que no consumíamos nada ni contribuíamos a la libre circulación de la economía, ni al crecimiento, ni a la prosperidad.

Sin embargo, como he dicho, no podíamos hacerlo por motivos obvios, dictados por los propios mecanismos económicos.

Mi madre se pasó la tarde yendo de aquí para allá, la mayor parte del tiempo sacando polvo a los ejemplares encuadernados de la revista *Dinero es felicidad*. Mi padre salió en un artículo del fascículo trescientos ochenta y tres, en el mes de mayo de hace nueve años, citado por un economista francés como ejemplo de gestor riguroso después de haber trabajado durante seis meses en el proyecto de una empresa alemana dedicada a la generación de obsolescencia universal, un producto industrial listo para su aplicación en cualquier otro producto comercial con el fin de asegurar una efimeridad fiable. O al menos eso es lo que pone en el artículo, yo me limito a citarlo con el rigor que siempre debe guiarnos a lo largo de la vida.

Me di cuenta de que el poeta le pasaba un papelito disimuladamente a mi hermano, que fingía ver la tele mientras el poeta fingía inspirarse en una pata de la mesa del salón, pues ahora sé, porque él mismo me lo dijo en pocas palabras, no más de quince o dieciséis, que un poema puede aparecer dentro de cualquier objeto o incluso desparramado en el suelo.

—¿Desparramado en el suelo, poeta?

—Sí, o puede incluso posarse en el cristal de la ventana.

—¿Ya me vienes otra vez con tus mentiras?

Él se encogió de hombros e hizo un ademán amplio con los brazos, describiendo un ángulo de noventa grados hasta abrirlos en cruz:

—Los poemas están por todas partes, y la mayoría de las veces prefieren esconderse en los objetos más cotidianos.

—¿Como la pata de una mesa?

—Así es.

Pensé: ¿qué estaba pasando en mi casa? Contabilicé varias cosas extrañas, que decidí enumerar. Mientras tanto, mi padre hacía números con la ayuda de una vieja calculadora.

El poeta se le acercó.

Mi padre gimoteaba:

—Se desploma, nos estamos desplomando.

—¿Desplomando? —preguntó mi hermano.

Se volvió hacia mí:

—Creo que es grave. ¿Será esa cosa tan mala?

—¿La bancarrota?

—¡No digas esa palabra, imbécil!

—Bancarrota, bancarrota, bancarrota, bancarrota, bancarrota, bancarrota, bancarrota, bancarrota —repetí ocho veces.

Mi hermano se tapó los oídos y se fue corriendo a su habitación mientras gritaba.

El poeta se acercó a mi padre, que repetía:

—Se desploma, nos estamos desplomando.

Entonces el rapsoda recitó un poema que tenía que ver con la estadística:

—*De cien personas [...] constantemente temerosas / de algo o alguien —/ setenta y siete.*

Mi padre levantó la cabeza, el mechón de pelo se le rebeló y se quedó colgando sobre su hombro izquierdo. Tenía la cara roja debido a la concentración de sangre en esa zona, que posee una gran profusión de vasos capilares.

—A tu habitación ahora mismo —ordenó al poeta a voz en grito.

No es una habitación, pensé yo, sino un hueco de escalera de dos coma cinco metros cuadrados.

«Habitación»

Fui al encuentro del poeta en su «habitación» (empiezo a entender qué es una metáfora). Estaba sentado en la cama. Los cabellos (imposible contarlos), despeinados y caídos sobre la cara, le daban un aire triste. Tenía las rodillas pegadas entre sí, los talones separados doce centímetros y las puntas de los pies tocándose. Me senté a su lado. Levantó la cabeza y sonrió. La suya era una sonrisa abierta hacia dentro, como solía decir él, porque le faltaba uno de los incisivos.

—Debajo de la cama se esconden versos —dijo.

—¿No eran monstruos?

—Algunos versos lo son.

El poeta volvió a sonreír. Sacó la libreta del bolsillo y empezó a garabatear algo. Las estadísticas dirían sobre la naturaleza de esa acción: un poema o, cuando menos, un verso.

—Tendrías que lustrar esos zapatos, poeta.

Volvió a mirarme. Sonrió. Luego se miró los zapatos. Empezó a garabatear otra vez.

Era un poema, de eso podemos estar seguros, pues ya iba por el quinto renglón.

—Los monstruos —dijo— son muy tontos. Si avanzamos un paso en su dirección, ya no saben dónde estamos y siguen corriendo hacia delante para intentar asustarnos, pero se desorientan y no entienden que nos han dejado atrás.

—Sí, los monstruos son muy tontos. Mi padre también lo es un poco, a veces incluso en un porcentaje elevado. Igual que mi hermano.

—Tenemos que avanzar un paso en su dirección.

—Eso es. Pero no cuando esté haciendo números. No le gusta que lo interrumpan. Se pone nervioso el cien por ciento de las veces.

—Un pasito.

—Sí. Pero cuando no esté haciendo números.

Parece el mar

Sin querer inmiscuirme demasiado en la vida del tonto con el que comparto herencia genética, pero sin poder reprimir la curiosidad, decidí intentar hablar con una de las amigas de BB9,2, concretamente con N7468,1734, que tiene un nombre más pomposo aún, con cuatro números después de la coma, precisamente sobre el tonto con el que comparto herencia genética.

Fue en vano. No me dijo nada que no supiera ya: que mi hermano es un caso digno de estudio, ridículo e inepto, lo que arroja un total fácil de calcular incluso sin la ayuda de una contabilidad organizada: es tonto. Para merendar, mi madre me sirvió pan con mantequilla, cerca de tres gramos de esta, que esparció con un cuchillo de acero inoxidable de fabricación nacional patrocinado por una agencia de publicidad (exhibida en el mango) y una marca de cosméticos (exhibida en la hoja).

—Ayer estabas enfadada con el poeta.

Mi madre farfulló algo.

—¿Fue porque escribió en la pared una frase de cuarenta y nueve letras?

—Da igual.

El poeta había escrito en la pared, efectivamente. Dos días antes, al sentarme a su lado, me di cuenta de que había algo escrito con rotulador negro en la pared, treinta centímetros por encima de la cama.

—¿Qué es eso, poeta?

—Una ventana.

—Parece una frase, quizá un verso.

—Es una ventana. Con vistas al mar.

Leí la frase de cuarenta y nueve letras. Decía lo siguiente: *¿Cómo es que el mar, tan grande, cabe en una ventana tan pequeña?*

Aunque mi madre no hubiese confirmado que la ruptura de su contrato emocional con el poeta se debía a la frase escrita en la pared, insistí:

—Esa frase, mamá, es una ventana.

—¿Cómo dices?

—Una ventana con vistas al mar.

—¿Ha abierto una ventana sin permiso municipal?

—Es una situación meramente poética.

—¿Se puede saber qué te pasa?

—Nada…

—La poesía nos está haciendo mucho daño.

—¿Qué quieres decir?

Mi madre se sentó en la silla de la cocina —con asiento de escay y patrocinada por la Inmobiliaria del Sur— y rompió a llorar. Sollozó tres veces de manera audible, encadenó varios hipidos con una cadencia muy rápida y luego se sorbió largamente la nariz, gghhhhhhhhhhhhh, pero enseguida sacó un pañuelo de papel del bolsillo delantero del delantal, patrocinado por un avicultor, con el que se limpió los mocos que le llegaban al labio superior, precisamente allí donde la edad había colocado ya tres arrugas poco profundas, pero con cierto efecto de desaliento y depresión en la psique de una mujer que se sentía cada vez menos joven.

Me acerqué, ejercí unos trece o catorce gramos de presión sobre su hombro e invertí en el afecto que sentimos la una por la otra.

—¿Qué pasa? —pregunté.

—Nada, nada —contestó.

¿Prefieres carne?

Mi padre se puso a gritar en el estudio, lamentando el colosal error en las previsiones de ingresos y el gigantesco agujero en las cuentas de la fábrica.

Se oyeron sus puños golpeando enfáticamente el escritorio de madera laminada, tres veces, y luego un silencio que duró tres minutos, solo interrumpido por:

—La cena está lista —gritó mi madre desde la cocina, a un volumen de entre setenta y uno y setenta y seis decibelios, o eso me pareció, ya que no poseo ningún instrumento capaz de medir la potencia sonora.

Nos sentamos todos a la mesa. Mi padre, cuyos cabellos habían migrado ya hacia el hombro izquierdo, muy probablemente debido a los puñetazos que asestó al escritorio de madera laminada, tenía la corbata ladeada hacia la izquierda y se le había levantado el pico derecho del cuello de la camisa, patrocinada por una tienda de informática (reparaciones).

El poeta se sentó a mi lado, como de costumbre, y dejó junto a la servilleta su libreta y el lápiz.

Mi hermano silbaba una melodía horrible que sonaba mucho antiguamente, cuando se abría la caja registradora de una marca ya olvidada.

Mi madre sirvió los espaguetis con guisantes y dijo:

—No hay pescado ni carne, que hay que apretarse el cinturón y ahorrar en estas cosas superfluas de la alimentación.

—Debemos enfilar una senda de consolidación presupuestaria —dijo mi padre.

El poeta empezó a componer un verso con la pasta. Con los dedos, partía y retorcía los espaguetis para formar una palabra.

Ponía: almejas.

—¿Te apetece probar? —preguntó, señalando «almejas».

—No. Gracias.

El poeta empezó a retorcer el espagueti hasta formar la palabra «bistec»:

—¿Prefieres carne?

Solo para que veáis a mi poeta

Llevé a mis mejores amigas a casa para que vieran a mi poeta.

76C llevaba una falda patrocinada por una célebre empresa de masajes. Se había pintado las uñas de las manos de amarillo y recogido el pelo sobre la nuca con tres clips de plástico marrón. E60 lucía un pantalón vaquero patrocinado por un resort oriental. Al ver al poeta, se detuvieron a la vez y susurraron algo entre sí. E60 señaló la frase escrita en la pared.

—Ha ensuciado la pared. Creía que solo los pintores se comportaban así.

—Así, ¿cómo? —preguntó 76C.

—Como los artistas, que lo ponen todo perdido.

—¿Para qué sirven?

—¿Los artistas?

—Sí.

—Para nada. Son inutilistas.

—¿Y qué hace este poeta?

—Poemas —contesté.

—¿Para qué sirven?

—Para muchas cosas. Hay poemas que sirven para ver el mar.

Mis amigas se me quedaron mirando con los ojos como platos.

¿Estaría enferma?

Por la noche, dejé de ver los programas habituales. Los espectáculos televisivos sobre contabilidad, finanzas y economía ya no me decían nada.

Miraba los pósteres que tenía en las paredes de la habitación con todas las estrellas de la bolsa y sentía una especie de vacío comercial o, por lo menos, emocional. ¿Estaría enferma?

Se lo comenté al poeta, que me preguntó si no podía haber entretenimiento más allá de las actividades generadoras de lucro.

—Sí que hay entretenimiento, no vemos solo los números de la bolsa.

—Ah, ¿no?

—No, también vemos programas con economistas, gestores, banqueros que comentan la situación del país, anuncios, concursos en los que la gente puede incrementar mucho sus posesiones, concretamente coches, pisos, etcétera.

—Ya, pero ¿y cosas sin finalidad pecuniaria?

Habrase visto…

Me quedé pensando en lo que dijo, ya que últimamente había cambiado las noches delante de la tele constatando el crecimiento del paro por cerca de una hora y cuarenta y cinco minutos charlando con el poeta o simplemente leyendo uno de sus libros sin patrocinio. Él los usaba un poco como si fuesen manuales de economía. Diría más, incluso: hablaba con los libros como si fuesen sus amigos. Le preguntaba a Flaubert qué opinaba de esto o lo otro, y luego abría el libro y obtenía respuestas.

Y eso me encantaba.

Al día siguiente, en el colegio, me toparía con un suceso extraordinario.

Qué bonita era esa frase

Hacía una mañana preciosa: el aire, como suele decirse, olía a dólares. Mi hermano se levantó con alegría y se desperezó dos veces abriendo los brazos como si describiera una deuda colosal.

Nos fuimos a clase. Él estaba inusualmente nervioso, suspiró de forma audible cuatro veces durante el trayecto de cerca de quinientos metros, desde la parada del autobús hasta la entrada del colegio. Nos separamos como de costumbre. Sin embargo, mientras iba hacia mis amigas, me di la vuelta. Mi hermano estaba parado en medio del patio. Avanzó tímidamente. Sacó del bolsillo un papel arrugado. El papel que le había dado el poeta, ¡estaba segura! Leyó su contenido. Volvió a guardar el papel.

Lo sacó de nuevo, volvió a leerlo. Avanzó varios pasos, tan decidido que ni siquiera alcancé a contarlos.

Se acercó a menos de sesenta centímetros de BB9,2.

Le dijo algo.

Ella se ruborizó.

Me quedé inmóvil, sin saber qué pensar. ¡Por Mammón!, exclamé para mis adentros, ¿qué estaba pasando?

Más tarde, la vi aproximarse a mi hermano. Yo estaba lo bastante cerca para oír su conversación. BB9,2 le pidió que repitiera lo que le había dicho por la mañana.

Mi hermano carraspeó dos veces.

Recitó la frase.

Ay, por Mammón, qué bonita era esa frase.

Fue cien por ciento sorprendente, imprevisible: BB9,2 dijo que le había gustado, de un modo tan lleno de inutilidad como la propia frase que yo acababa de escuchar. Se notaba que la velocidad de su ritmo cardiaco había aumentado de forma sustancial, a ciento treinta latidos por minuto o algo así, muy por encima de la media normal en reposo.

—¿Eso es bueno? —preguntó mi hermano.

Ella contestó que sí.

—¿Cómo de bueno?

—Como si fuese lucrativo —dijo ella.

Mi hermano se puso rojo, parpadeó siete veces se-
guidas y le temblaban las piernas mientras ella se ale-
jaba con las libretas debajo del brazo. Al entrar en el
aula, patrocinada por un banco extranjero, volvió la
cabeza, miró a mi hermano y sonrió.

¿Me estaré volviendo poética?

Parecía un patrón, pero todos los días se discutía en casa.

Mi padre dijo que los individuos de otras etnias robaban mucho.

El poeta dijo que los banqueros y mercados financieros sí que robaban. Y en cantidades imposibles de contabilizar.

La suya fue una frase de lo más osada, ¿quién en sus cabales podría decir algo así sin esperar consecuencias? Jamás había oído nada tan ofensivo, ni tan equivocado.

Mi padre lo mandó a su habitación con un grito contenido, pero advertí el horror que le afloraba en el rostro. (¿Le afloraba en el rostro? ¿Me estaré volviendo poética?)

—Y te quedas sin cenar —añadió mi padre mientras sus cabellos revoloteaban desde la oreja derecha hacia el hombro izquierdo.

El poeta deambuló hasta el hueco de la escalera y se sentó en la cama con la cabeza en un ángulo de cuarenta y cinco grados, la mirada perdida, la boca entreabierta menos de un centímetro en la zona central.

Después de dejar los cubiertos sobre la mesa para que mi madre pudiera recogerla, me reuní con él.

—No es tiempo de bromas, poeta. La coyuntura internacional perjudica nuestro desarrollo.

—¿No es tiempo de bromas?

—No.

—La gente ve pasar el tiempo, mientras que nosotros lo vemos parar. En un segundo, una eternidad.

—Qué bonito, poeta.

—Gracias.

Se llevó las manos al vientre y me dio la impresión de que las tripas le hacían ruido.

—¿Qué pasa?

—Tengo el estómago un poco revuelto.

—¿Por culpa de mi padre?

—No, es que tengo una palabra aquí dentro que quiere salir. Perdona, pero voy a tener que escribirla.

—No te cortes, rapsoda.

Él cogió la libreta y empezó a garabatear furiosamente, soltando de vez en cuando alguna que otra exhalación más larga a intervalos de entre siete y diez segundos. Tachó lo escrito, arrancó la hoja, la estrujó, la arrojó al suelo, se puso a garabatear de nuevo. Levantó la cabeza en tres ocasiones durante este proceso, posando la parte posterior del lápiz en la boca mientras contemplaba la línea de intersección entre el techo y la pared. Luego, con mucha parsimonia, cerró la libreta y la dejó al lado de la cama. Sonrió o, como diría él, su boca dibujó una sonrisa después de que el lápiz hiciera el amor con el papel y de ese beso de grafito surgiera… Tengo que acabar con esto, ¿qué locura es esta?

Habrase visto…

Piedras contra poemas

Mientras volvía de clase, al caer la tarde, unos chavales le tiraban piedras al poeta, que estaba en la calle garabateando en su libreta las inutilidades propias de su naturaleza.

—Por Mammón —grité, y corrí a defenderlo.

Él, al notar que una piedra chocaba con una de las costillas flotantes del lado izquierdo de su tronco, se detuvo a contemplar la agresividad de los chicos. Le temblaban los ojos. Una piedra me golpeó en la pierna y empecé a chillar y llorar de dolor y rabia. ¿Qué ganancia sacaban esos imbéciles de semejante acción? Le di la mano al poeta y tiré de él para que corriera y me acompañara en una carrera desenfrenada calle abajo, lejos de esos chicos escasamente cotizados.

Empezó a llover.

El poeta quiso parar y yo accedí, pese a la probabilidad de que nos arrepintiéramos y acabáramos pagando esa decisión con un resfriado/gripe/neumonía y gastos de farmacia o, peor aún, con una subida de la cuota del seguro de salud o, peor aún, endeudándonos con la agencia funeraria (mi padre pondría el grito en el cielo, con todas las dificultades que ya teníamos en casa y en la fábrica).

El poeta tenía los ojos cerrados, el rostro vuelto hacia el cielo. Las gotas le caían sobre la cara. Parecía estar llorando a lágrima viva.

Debía de ser efecto de la lluvia.

Encargar comida

En un tono destemplado, mi padre ordenó a mi madre que preparase una lasaña. Los progenitores de la mayor parte de mis compañeros de clase —el ochenta y seis por ciento— no se tratan así. Por ejemplo, el padre de 76C, cuando necesita una lasaña, la pide con la cortesía de rigor en estas transacciones: no ordena, sino que encarga. Dice: me gustaría encargar una lasaña. Y su mujer cumple la petición, se va a la cocina y, durante una o dos horas, cocina el plato solicitado. Si se requieren ingredientes que no existen en stock, él se ofrece a salir y recorrer los metros necesarios hasta la zona comercial más cercana para adquirir los productos que faltan. Lo mismo sucede en mi casa, pero, cuando hay un déficit de ingredientes, mi padre, una vez más, no se los encarga a mi madre, sino que se limita a emitir una orden de compra. Ella no revela el menor asomo de indignación ante esta actitud. Por lo general agacha la cabeza, se mira las zapatillas de estar por casa, patrocinadas por un fabricante de bombillas, y se rasca el gemelo de la pierna izquierda con el dorso de la zapatilla del pie derecho, ejecutando entre tres y cuatro movimientos verticales. Luego se da media vuelta a fin de cumplir con sus obligaciones domésticas y contribuir así al crecimiento y prosperidad familiares. Un día, me encaré con mi padre a causa de esta situación. Él se enfadó y sus cabellos migraron hacia el hombro izquierdo.

—Por Mammón, ¿a qué viene esto?

—¿El qué?

—Esta falta de respeto hacia el orden.

—Es una manifestación de desagrado.

—¿Y en qué se basa?

—En la experiencia cotidiana.

—¿En la experiencia personal? ¿Qué fiabilidad tiene un estudio de esas características? ¿O acaso has hecho un estudio serio sobre la cuestión?

—Todavía no —dije.

El poeta se acercó y dijo que tenía un pájaro triste en el corazón.

—A tu habitación ahora mismo —le ordenó mi padre.

Luego, volviéndose hacia mí mientras cogía los cabellos que descansaban sobre su hombro izquierdo y los hacía viajar hasta la oreja derecha, dijo:

—La dinámica de un hogar exige un liderazgo fuerte, que dé confianza a todos los contribuyentes.

Pero algún día, pensé, presentaré ese estudio.

¿Lucrativo o no?

Mi madre se veía muy mayor, con ojeras y aspecto cansado, la piel ajada, la zapatilla del pie derecho con un agujero de dos centímetros de diámetro, agujero que restaba tres letras al patrocinador de las mismas, por lo que, en vez de «bombillas», se leía «billas». Le planteé el problema de la autoridad ejercida por mi padre, que me parecía excesiva.

—Eres muy joven, no sabes sumar dos más dos.

—Mi padre es una resta para los demás.

—Es un ciudadano de gran inteligencia, ¡y diría incluso que es un lucrativo!

—Eso no es lo que dicen las estadísticas.

—¿Qué estadísticas?

—Las de la fábrica. La gente no lo considera lucrativo.

—Bueno, tal vez no lo sea, pero es una persona financiera.

—Discrepo.

—Ha hecho grandes sacrificios pecuniarios para comprarte un poeta.

Y entonces se rascó el gemelo de la pierna izquierda, cuatro movimientos verticales, con la zapatilla del pie derecho, la que pone «billas».

La dejé a solas y fui a sentarme en la cama del poeta, a contemplar el mar con él.

—Qué quieto estás, rapsoda.

—Es que antes de dormir hago abdominales, flexiones y estiramientos con la imaginación, para calentar las articulaciones y los músculos de la fantasía. No quiero tener sueños con mialgias de esfuerzo.

—¿Qué es una mialgia?

—Es lo que pasa cuando comemos más galletas de la cuenta y nos duele la tripa, pero en las rodillas.

—¿En las rodillas?

—Es como cuando te estiras para chutar a puerta y meter dos goles de una tacada.

Habrase visto...

Inutilista, sin la menor duda

Comprendí que me estaba volviendo cada vez más inutilista y que pensaba en las cosas solo por su belleza, sin fijarme en su valor monetario o instrumental.

Me estaba volviendo cada vez más rara, como decía mi hermano.

A veces, también yo me quedaba mirando un insecto, el patrón de una alfombra o un vaso de té con una rodaja de limón. O peor aún: el cerco que un vaso de té había dejado sobre el mantel (patrocinado por una marca de neveras).

El otro día, en el colegio, me preguntaron para qué quería un poeta.

Contesté que me gustaban los poemas.

—¡Inutilista! —me gritaron.

—¿No veis que estoy acumulando cultura?

—¿Para qué?

—Para un montón de cosas.

—¿Un montón? ¿Eso es una cantidad? Pues gasta un poquito con nosotros para demostrarnos el valor de esa transacción.

Me enfadé y contesté, muy agresiva:

—La cultura no se gasta. Cuanto más se usa, más se tiene.

En un primer momento se quedaron mudos, y se pusieron colorados y rompieron a reír a carcajadas, llamándome loca inutilista que no sabía sumar dos más dos.

Cuando llegué a casa, me fui corriendo a mi habitación. Tenía la cara bañada en lágrimas y estaba tan triste y furiosa a la vez que no sabría decir a ciencia cierta qué cantidad de llanto se me escapó por los lagrimales.

Al verme llegar así, en ese estado de bancarrota, el poeta se acercó, llamó a la puerta de la habitación, que estaba entornada treinta centímetros, y me preguntó si podía pasar. No le contesté, pues sollozaba intermitentemente. Él se sentó en la cama, cerca de mí, a escasos veintidós centímetros, y permaneció en silencio.

—No soy una inutilista —dije.

Él siguió en silencio.

—La culpa es tuya, me haces sentir confusa, desorganizada, sin objetivos definidos.

Él siguió en silencio.

—En el colegio me acusan incluso de pronunciar frases ambiguas. Nunca me he sentido tan humillada.

Él se levantó y se fue a su habitación con la cabeza gacha, la espalda encorvada, el pelo caído sobre los ojos y su ridícula ropa sin patrocinador alguno.

La poesía nos hace mucho daño

Al día siguiente y al día siguiente y al día siguiente
—es decir, cada día—, mi padre discutió con el poeta.

La bronca terminó con mi padre ordenando:

—¡Vete a tu habitación y no salgas hasta que yo te
lo diga!

Le pregunté a mi madre qué pasaba.

—El poeta tiene la manía de andar diciendo poemas.

—Eso es lo que hacen.

—Papá necesita concentrarse. Los negocios no
van bien.

—A lo mejor los poemas sirven para mejorar los
negocios.

No sé de dónde ha salido esa idea absurda.

—Por Mammón, ¿de dónde ha salido esa idea absurda?

Vacilé.

—La poesía nos está haciendo mucho daño, mucho daño.

—Hay cierta tensión.

—Desde luego que la hay, y no es solo por la coyuntura económica.

Mi padre gritó algo desde el salón, mi madre salió a ver qué quería y volvió con lágrimas en los ojos. Se encerró en el cuarto de baño.

Ese fue un día con un porcentaje de tristeza muy elevado. Mi padre anunció que la fábrica había sufrido una enorme caída de ingresos, que había perdido patrocinios, incluido el de su propia secretaria, y que los beneficios habían bajado mucho.

Declaró:

—Estamos entrando en recesión, me temo que tendremos que recortar seriamente los gastos, como nunca hasta ahora habíamos hecho.

Mi madre preguntó con timidez qué medidas habría que tomar.

—Por encima de todo, rigor en las cuentas, pero sospecho que nos veremos obligados a prescindir de varios empleados de la fábrica, tanto de los fijos como de los demás, poner a becarios para que aprendan el oficio, negociar despidos sin indemnización alguna y, por supuesto, devolver al poeta.

Las lágrimas, cerca de dos mililitros, acudieron a mis ojos.

Desodorante en los sobacos

Hablé con mi hermano. No podíamos perder al poeta, ni la poesía, ni esa ventana con vistas al mar.

—¿Qué ventana?

—La que hay por encima de la cama del poeta.

Mi hermano se estaba poniendo desodorante en los sobacos. Se peinó.

—¿Has oído lo que he dicho?

—¿De la ventana?

—Del poeta.

—¿Qué le pasa?

—No podemos dejar que papá lo devuelva.

—No me desvalijes la cartera. Tengo más cosas en las que pensar.

—Bien que te has beneficiado de los poemas del rapsoda.

—No sé de qué me hablas.

Se echó colonia en el cuello, tres pulverizaciones.

—Te vi leyendo el papel que el poeta te dio. Le recitaste unos versos a BB9,2. Y ella se ruborizó y su ritmo cardiaco se elevó por encima de los ciento cincuenta latidos por minuto.

Mi hermano se volvió, me pasó la mano por la cabeza con gesto condescendiente, dio dos pasos hacia la puerta del baño y me dejó allí hablando sola sobre los beneficios de la poesía y sus posibles dividendos y gritando: ¡injusticia!

En resumidas cuentas, nada de lo que yo decía por entonces tenía sentido y, a menudo, incluso estando en clase, cometía comparaciones, aliteraciones, rimas e hipérboles en voz alta, lo que resultaba embarazoso. Esa noche no fui a ver al poeta —no podía mirarlo a la cara— para poder acostarme a solas y llorar compulsivamente. No hice la menor estimación de la cantidad de lágrimas que derramé. Ni siquiera tuve necesidad de hacerlo para calibrar la tristeza y la desesperación que sentía.

Metimos al poeta en el coche

A la semana siguiente metimos al poeta en el coche. Parecía absorto, se notaba que no comprendía lo que estaba pasando. Enfilamos una carretera secundaria, la M372, y recorrimos siete kilómetros, un dispendio de dos euros de gasóleo. Nos detuvimos debajo de un árbol, en un parque, sacamos al poeta del coche y arrancamos. Por el espejo retrovisor, y a través de aproximadamente cero coma cinco mililitros de lágrimas, lo vi allí parado, viendo cómo nos alejábamos. Se rascó la cabeza, sacó el bloc de notas y garabateó algo. Cuarenta segundos después, más o menos, lo perdí de vista.

No podía probar bocado

No podía probar bocado, aunque quisiera: la comida en casa era un bien cada vez más escaso. Por suerte, no es esencial. Me puse a escribir versos en la pared. Escribí un paisaje para un jardín y escribí una margarita en el cabo de mi lápiz, pues necesitaba que floreciera. También lloré mucho y arranqué algunos de los patrocinios de los muebles de mi habitación.

Mi madre llamó a la puerta y yo ahogué un sollozo. Tras dos minutos de silencio, tanto por mi parte como por la suya, el pomo de la puerta giró y ella entró despacito. Se sentó en mi cama y me acarició el pelo.

Me dijo que me sobraban más de tres kilos.

—Y tú te has hecho mayor, tienes la piel arrugada y usas zapatillas que ya nadie patrocina.

Ella se echó a reír.

—Las arrugas son las cicatrices de las emociones que vamos sintiendo a lo largo de la vida.

Me incorporé a medias, la miré. ¿Acababa de decir un verso? Por Mammón, ¿qué le pasaba a mi madre?

—Me lo dijo el poeta.

—Ah.

—Me dijo muchos versos que me sacaban de quicio. Al principio no sabía cómo tomármelos.

—Ah.

—No sé por qué, pero me llevó a replantearme mi posición en el mercado de la vida, a pensar en mis dividendos y mis deudas, y llegué a la conclusión de que necesitaba un cambio. Un día de estos, vas a reírte, estaba aspirando el suelo y al ver la habitación del poeta, lo que escribió en la pared, ¿sabes qué fue lo que vi?

—¿El mar?

—¡No digas tonterías! No, lo que vi fue que algún día tendría que limpiar todo aquello, y que mi vida se reducía a eso. Nadie me concede más crédito que ese. Limpiar, cocinar, al fin y al cabo, son formas de contribuir a la dinámica social, pero sentí… ¿cómo decirlo?

—¿Un vacío?

—Eso es.

Mi madre se me quedó mirando unos segundos.

—Suenas como el poeta. ¡Un vacío! Es justo eso.

Dos

Me desperté con muy mal cuerpo. Echaba mucho de menos alguna metáfora o, por lo menos, alguna comparación.

Sentada a la mesa, imaginé que el poeta seguía entre nosotros y me decía:

—Sin metáforas, por ejemplo, hablar no resulta demasiado interesante. Puedo decir que una ventana es una ventana, pero eso ya lo sabe todo el mundo. Con la poesía puedo decir que una ventana es un trozo de mar o una alondra volando.

—Mentiras.

—A veces son las únicas verdades.

—Tienes que reconocer, rapsoda, que son mentiras.

Mi poeta adoptó un aire solemne:

—Una ventana es una ventana, pero una ventana que es un pájaro volando es una realidad más profunda que va más allá del cristal, que trasciende la definición del diccionario, que se sitúa al otro lado de la ventana, pero forma parte de esta y la describe, aunque solo sea por un instante fugaz. Una ventana es muchas cosas y...

Habrase visto...

Mientras me tomaba el zumo de tres naranjas exprimidas, sin azúcar, miré hacia la ventana en el preciso instante en que una alondra la cruzaba de un lado al otro. Sonreí.

Lo que nace del vacío

Mi madre se divorció, pues tenía ideas más elevadas que servir boloñesa y espaguetis con guisantes y recibir a cambio dos miligramos de saliva en forma de beso o las palabras «está soso».

Mi padre dijo cierta noche (me encanta lo ambigua que soy con las fechas, lo aprendí de la poesía) que la casa estaba fría, dos grados centígrados por debajo de lo que sería confortable para un ser humano. Mi madre cogió una (1) jarra y la lanzó a la cabeza de mi padre, que soltó un (1) grito de sorpresa. Mi madre cogió una (1) silla de pino, cuatro kilos doscientos cuarenta gramos de madera (4,240 g), la levantó por encima de la cabeza, golpeando con las patas de la misma la lámpara de techo, de cobre, fundiendo tres (3) bombillas y rompiendo una (1), todas ellas (4) de cuarenta vatios, y arrojó la silla contra mi padre, que estaba agachado con una (1) mueca de pavor mortal en el rostro, los dientes (32 naturales y 2 postizos) castañeándole, el pelo desaliñado, esos cabellos que disimulaban la ausencia de cabello (¿acaso no es eso lo que hacen todos los cabellos?) caídos sobre el hombro izquierdo, vencidos. Mi padre levantó los brazos mientras la silla volaba en su dirección. Poesía: la silla no lo alcanzó, pero el efecto de haber sido arrojada quedó grabado de forma indeleble en la cara de mi padre.

Mi madre gritó dos palabras que me parecieron sumamente poéticas: «estoy harta». Me pareció que era lo mismo que decir *Enfurécete, enfurécete ante la muerte de la luz*. Sí, eso es lo que fue: ¡poesía!

Mi madre, muy seria, se atusó el pelo, se alisó el vestido —que se le había subido trece o catorce centímetros, dejando a la vista la zona opaca de las medias— y se fue del salón. Volvió con una maleta.

—¿Para qué? —preguntó mi padre mientras miraba la maleta de cuero marrón como si fuese el cadáver de un animal (¡me chiflan las comparaciones!).

—Para que metas tus veintidós calzoncillos, tu *aftershave*, tu cepillo de dientes, tus cuatro trajes, tus doce corbatas y tus diecisiete pares de calcetines y te vayas ahora mismo de esta casa.

Eso fue lo que pasó al cabo de una hora. Jamás olvidaré la triste estampa de mi padre, todavía con el terror dibujado en el rostro y el mechón de pelo colgado sobre el hombro izquierdo. Miró hacia atrás por última vez antes de salir. Dijo que mi madre se arrepentiría, a lo que ella no contestó.

Cuando la puerta se cerró, me preguntó qué quería para cenar.

—Berenjenas rellenas —dije.

Y ella —¡poesía!— contestó:

—Te enseñaré a hacerlas, porque de hoy en adelante ya no soy la cocinera de nadie.

Cambiar de vida

Nuestra vida cambió mucho y yo también.

Mi padre logró salvar el negocio de la bancarrota con un golpe de genio que habría de estudiarse en el mundo de las finanzas. Cuando le preguntaron de dónde había sacado la idea, contestó:

—De la disciplina, de las horas que he pasado haciendo números, calculando todos los escenarios económicos posibles, centrándome en la coyuntura global sin olvidar los problemas locales, leyendo estudios sobre esas mismas cuestiones.

Pero en realidad no fue nada de eso, sino tan solo un verso que le vino a la memoria y le sirvió para resolver aquella crisis. ¿De dónde sacaste la idea para salvar la fábrica?, le pregunté una tarde en que merendamos juntos. Yo me comí una pasta patrocinada por una empresa de exportación de leguminosas, él se tomó un agua patrocinada por una marca de vino. Se limitó a encogerse de hombros y a decir:

—No lo sé, pero tengo que encargar un estudio.

—¿Qué medidas se tomaron, concretamente?

—Instalé calefacción en la fábrica durante el invierno.

—¿Eso fue?

—Sí.

—¿Cómo surgió esa idea?

—De varias sinergias.

—¿Gastar en los trabajadores para sacar un beneficio a cambio? Es una idea muy rara.

—Confieso que es un poco difícil de explicar. Ya encargaré un estudio.

Hurgué en su escritorio en busca de pistas que explicaran esa forma tan inusual de resolver un problema tan económico. En un bloc de notas de mi padre, repleto de cuentas y cifras, encontré lo siguiente, escrito a lápiz en la contracubierta: *Un beso es más eficiente a la temperatura corporal.*

Eso fue. Estoy segura. El poeta le dijo este verso a mi padre, quizá lo escribiera de su puño y letra, y de repente... por fin la economía reaccionó. Y hoy, a lo largo y ancho del país, hay gestores empleando la misma técnica: si los colaboradores trabajan a una temperatura agradable, son más productivos. Ahora se instalan sistemas de calefacción en todas partes. Todos los estudios son unánimes a la hora de afirmar que el aumento de productividad compensa con creces la inversión en calefacción y el correspondiente consumo diario de energía. Hay también otros estudios, acusados por numerosos especialistas de usar argumentos inutilistas, que afirman que el bienestar de un colaborador, su felicidad en el trabajo, ejerce una influencia directa en la productividad y la competitividad, y hay incluso quienes tienen la osadía de insinuar que la reducción de las horas de trabajo podría redundar en un incremento de la producción y, por ende, en un mayor beneficio para el empresario.

A mi padre, ahora mismo, se le considera una de las personas más lucrativas del país.

No hay que abandonar la poesía en un parque, ni en la vida

Nunca abandoné al poeta, sigo yendo a visitarlo al parque. No sé cuántas personas siguen visitando a sus poetas abandonados, pero, si buscáis bien, veréis que los hay a montones en los parques, dentro y fuera de nosotros. Yo aún visito al mío, que compré cuando tenía trece o catorce años. Nos sentamos y decimos inutilidades. Algunas de esas inutilidades son incluso poemas. Él me mira con lágrimas en los ojos (he dejado de contabilizar esas cosas), a mí se me hace una metáfora en la garganta, lo abrazo y somos felices durante unos segundos o, mejor dicho, durante eternidades.

La poesía, según él, transfigura el universo y hace emerger la realidad descrita con la absoluta precisión de la ambigüedad. Jamás he leído un buen verso que no alzara el vuelo desde la página en que se escribió. La poesía es un dedo que se clava en la realidad.

—Un poeta es como alguien que sale de la ducha y pasa la mano por el espejo empañado para descubrir su propio rostro.

Eso era lo que él me decía. Yo limpiaba los espejos con la esperanza de sentirme así, intentaba desempañar la vida, como decía el poeta que había que hacer, pasar la mano por la realidad hasta ver una sonrisa. Sé que es una tarea ardua, hay demasiado vapor que hace que la vida parezca poco nítida, desenfocada. Pero insistiré.

El poeta decía que los versos liberan las cosas. Que cuando comprendemos la poesía de una piedra, la liberamos de su «petridad». Lo salvamos todo con la belleza. Lo salvamos todo con poemas. Miramos una rama muerta y florece. Solo había olvidado quién era. Tenemos que liberar las cosas. Se trata de una tarea inmensa. Sé que muchos cambios en mi vida han sucedido gracias a él.

Por eso, nunca dejaré de sentarme a su lado, con metáforas en la garganta, para intercambiar inutilidades. Y, antes de acostarme, repito la oración que aprendí con el poeta:

Tengo millas que recorrer antes de dormir.

Epílogo

Göring dijo: «Cada vez que oigo la palabra cultura, echo mano de la pistola». Así es como mucha gente ve la cultura. No se trata de algo malo, sino la señal de que es tan importante que puede llegar a resultar amenazadora, que puede hacer que se eche mano de las armas. Si el arte y la literatura no fuesen importantes, nadie se habría molestado en prender fuego a la biblioteca de Alejandría (en repetidas ocasiones), ni en destruir los budas de Bamiyán o las ruinas de Palmira. Si la cultura no fuese verdaderamente importante, Göring no echaría mano de la pistola.

En esta historia, se mejoran las condiciones de trabajo sin más objetivo que lograr un incremento de la producción. Es mejor que nada, pero se queda muy corto respecto a la verdadera utilidad de lo inútil: «también Georges Bataille se preguntó, en *El límite de lo útil*, sobre la necesidad de imaginar una economía que tuviera en cuenta la dimensión del antiutilitarismo. A diferencia de Keynes, el filósofo francés no soñó con supuestos y nobles propósitos utilitaristas, porque "el capitalismo no tiene nada que ver con el deseo de mejorar la condición humana". Solo a primera vista parece tener "por objeto la mejora del nivel de vida", pero se trata de una "perspectiva engañosa". De hecho, "la producción industrial moderna eleva el nivel medio sin atenuar la desigualdad de las clases y, en definitiva, solo palía el malestar social por casualidad"». (ORDINE, NUCCIO, *La utilidad de lo inútil.*)

El error está muy cerca de la inutilidad, y ambos cumplen un papel fundamental en la creatividad. No hará falta que insista en este punto, ampliamente debatido, pero subrayo la convicción de que las cosas más importantes de la vida no son utilitarias: despreciamos a quienes hacen un gesto por lucrarse o beneficiarse y no por el gesto en sí, ni por amistad o amor. ¿Cómo nos sentiríamos si un amigo nos confesara que solo charla con nosotros porque le pagan por ello, o si una madre confesara a su hijo que solo lo educa y lo trata bien para tener quien la cuide cuando se haga mayor? En la inutilidad reside el altruismo y todo aquello que el ser humano considera naturalmente más noble.

La ausencia de utilitarismo en una obra de arte no le resta pragmatismo. Un creador puede no tener la intención de ganar dinero con una obra (el arte tiene, por lo general, un fin en sí mismo), pero esta puede convertirse en un producto comercial de éxito; un creador puede no querer recrear las proporciones geométricas de la naturaleza, pero eso no significa que un matemático no las descubra en su obra. Del mismo modo, Claude Bernard no tenía la menor intención de demostrar la función glucogénica del hígado, pero un comentario suyo la puso de manifiesto. Cito a Simon Leys:

«Claude Bernard, cuyas investigaciones fueron de gran relevancia para el desarrollo de la medicina moderna, entró un día en el salón donde iba a dar un discurso y advirtió algo peculiar: algunas de las bandejas que descansaban sobre una mesa con distintos órganos humanos habían atraído a una gran cantidad de moscas. Una mente común, sin la menor capacidad poética, quizá hubiese protestado por la falta de higiene en la sala u ordenado al personal de limpieza que cerrara las ventanas. Pero Bernard no tenía una mente común: constató que las moscas pululaban sobre las bandejas que contenían hígados y pensó: ahí debe de haber azúcar. Así descubrió la función glucogénica del hígado, que sería decisiva para el tratamiento de la diabetes.

No encontré esta anécdota en un libro de historia de la ciencia, sino en los diarios del mayor poeta modernista francés, Paul Claudel, que comentó al respecto: "Este proceso mental es el mismo que hace posible la poesía [...]. La esencia es la misma". Esto demuestra que la fuente del pensamiento científico no es la razón, sino la verificación exacta de una asociación proporcionada en primera instancia por la imaginación.»

Nótese que, cuando me refiero a «poesía», empleo la palabra en su sentido más profundo. En su monumental diccionario, Samuel Johnson da tres definiciones para la palabra «poeta», en orden decreciente según su importancia: en primer lugar, «alguien que inventa»; en segundo, «un autor de ficción»; y, por último, «un escritor de poemas».

«La verdad se alcanza mediante saltos imaginativos. Esto se aplica tanto a la ciencia como a la filosofía.» (Leys, Simon, *Breviario de saberes inútiles.*)

Otro caso, más lejano:

«En cierta ocasión, cuando le reprocharon la pobreza e inutilidad de su filosofía, Tales de Mileto previó, gracias a sus conocimientos de astronomía, que ese año habría una excelente cosecha de aceitunas. Siendo todavía invierno y con el poco dinero que poseía, alquiló todas las almazaras de Mileto y Quíos a buen precio, porque no tuvo competencia. Cuando llegó la época de la cosecha, hubo una gran demanda de almazaras y Tales las subalquiló al precio que quiso y obtuvo un beneficio descomunal, demostrando así que para un filósofo es fácil hacerse rico, siempre que lo desee, pero dejando claro que no es eso lo que nos mueve.» (Aristóteles, *Política*, I, 11, 1259a.)

La ficción se justifica a menudo como una pretendida evasión de la realidad (ya lo dijo Eliot: la humanidad no aguanta demasiada realidad), como si esta no nos bastara o nos hiciera daño y por ello necesitáramos la imaginación, un poco como necesitamos las drogas y el entretenimiento. Podemos ser más pragmáticos y descubrir en la fantasía una utilidad mucho mayor que la de esa huida psicológica de los horrores y las injusticias.

La ficción no sirve (o no sirve tan solo) para escapar de la fealdad, el horror y la injusticia sociales, sino también para planificar la construcción de una alternativa, la arquitectura de otra sociedad imaginada, más coherente con nuestras expectativas humanas y morales.

«No todos los días se presenta el mundo como un poema», dijo Wallace Stevens, pero todos los días intentamos que algunos poemas se presenten como un mundo. A pesar de todos los esfuerzos de disuasión, desistir de hacerlo no es una opción humana.

La ficción y la cultura conforman todo lo que somos. No nacemos con pelaje, dientes afilados y garras. Fabricamos ropa y herramientas, que siempre son producto de la ficción, de la cultura. La verdad nos salva por motivos evidentes, pero la ficción también lo hace. Podemos avisar que se acerca un tigre, es importante decir la verdad y constatarla, pero para defendernos del tigre necesitamos haber imaginado esa posibilidad antes de que el animal aparezca. La ficción nos salva, literalmente. Porque imaginamos, sabemos qué hacer, reunimos las herramientas o alternativas necesarias según la ocasión. Los animales nacen con la verdad, con una sólida realidad que les deja un reducido espectro de aprendizaje; nosotros nacemos con menos verdad, menos realidad, pero con posibilidades, con las imponderables armas de la ficción: creamos. Un tenedor o unos alicates poseen una utilidad evidente y, en ese sentido, siempre tendrán más valor que un verso, pero ha hecho falta inventar el tenedor y los alicates. Y, para ello, ha hecho falta imaginarlos, crearlos. Cuando miramos alrededor y vemos sillas, mesas, camisas, cepillos, cucharas, bombillas, bolígrafos, libros, no estamos viendo algo que nace con nosotros, sino que ha nacido de la imaginación, la ficción, las ideas. Ese mundo que nos rodea es producto de la cultura.

Una sociedad puede ser mejor si la imaginamos mejor. Poseemos lo que Locke llamaba perfectibilidad, esa extraña característica que nos permite evolucionar hasta conquistar una humanidad idealizada, pensada, imaginada. Nuestro futuro siempre será una ficción, algo que aún no existe, la transformación de la potencia en acción.

Hölderlin nos dice para qué sirve un poeta: «Todo lo que permanece ha sido fundado por la poesía».

«El matemático y filósofo inglés A. N. Whitehead nos dice que la ciencia debe aprender de la poesía; cuando un poeta canta las bellezas del cielo y la tierra no manifiesta las fantasías de su ingenua concepción del mundo, sino los hechos concretos de la experiencia, "desnaturalizados por el análisis científico".» (Sábato, Ernesto, *Uno y el Universo*.)

Vayamos a las cifras, según un artículo publicado en *Jornal de Negócios* del 28 de marzo de 2013:

«¿Cuánto vale un euro invertido en cultura? El debate dista mucho de ser reciente. En Portugal, el que se considera el primer gran estudio sobre ese impacto se llevó a cabo en 1988 por encargo del gobierno de Cavaco Silva y lo firmaron… Vítor Gaspar y Luís Morais Sarmento. Como ha recordado *Negócios* este mes, los actuales ministro de Hacienda y secretario de Estado de Presupuesto, respectivamente, concluían entonces que el gasto de los portugueses en cultura representaba el 3% del PIB. El estudio anticipaba que su peso seguiría creciendo hasta representar el 5% de la riqueza nacional, pudiendo incluso superar el ritmo de crecimiento del gasto total de las familias. En otras palabras, hace por lo menos veinticinco años que los responsables políticos conocen el impacto del sector cultural en la economía. En fechas recientes, hemos conocido más datos. En 2010, Augusto Mateus, exministro de Economía, publicó un informe en el que señalaba que "el sector cultural y creativo generó un valor agregado bruto (VAB) de 3.691 millones de euros y dio empleo a 127.000 personas, es decir, fue responsable del 2,6% del empleo y el 2,8% de la riqueza creados en Portugal". Ese mismo año, la industria textil y de la confección generó el 1,9% del VAB portugués, mientras que el sector de alimentación y bebidas "solo" alcanzó el 2,2%. Entre 2000 y 2006, la tasa de empleo total aumentó un 0,4%, mientras que en los sectores vinculados a la cultura se registró un crecimiento del 4,5%. Cinco años después, el INE calculó que las familias portuguesas gastaron en 2011 una media de 1.073,00 euros en "ocio, entretenimiento y cultura", lo que equivale al 5,3% del gasto total de los hogares.

No se puede afirmar que los sucesivos gobiernos hayan sido demasiado sensibles a estos informes. El Estado portugués gasta poco en cultura y, desde 2009, esa inversión ha ido a menos. La partida destinada en el presupuesto a políticas culturales equivale al 0,1% del PIB, un valor inferior a la media de la zona euro. Las razones no tienen que ver tan solo con la falta de voluntad política. Los programas de austeridad y las políticas restrictivas impuestas por la troika se han hecho sentir, con recortes transversales en el gasto que afectan a todos los ámbitos. Hace cuatro años, el Estado destinaba el 0,4% del presupuesto a la cultura, cifra que desde el año 2000 experimentaba incluso una tendencia al alza.»

Y todavía en el mismo diario:

«El sector de la cultura representa cerca del 2% del empleo en Portugal y cerca del 1,7% del valor agregado bruto, con una contribución media de 2,7 millones de euros por año, superando así a sectores como el de la agricultura y las industrias alimentarias. Estos datos se divulgaron el pasado jueves, 27 de agosto, en el primer informe "Cuenta satélite de la cultura" publicado por el Instituto Nacional de Estadística (INE).

[...]

Dicho informe analizó la actividad de cerca de 66.000 entidades y pretende dar respuesta a las peticiones de diversos organismos, entre ellos la Secretaría de Estado de Cultura —representada, en la presentación del informe, por el secretario de Estado,

Jorge Barreto Xavier— para que se cree un documento que permita evaluar la dimensión económica del sector.»

Es decir, que aunque nos abstraigamos de cosas tan irrisorias como la felicidad y el crecimiento personal para concentrarnos tan solo en las cifras, la falta de inversión en cultura se debe a una ignorancia extrema.

Y, antes de acostarnos, deberíamos repetir la plegaria:

Tengo millas que recorrer antes de dormir.

Y no abandonar a los poetas en los parques.

Este libro contiene versos (citados o inspirados en estos) de Paul Celan, Walt Whitman, Ramón Gómez de la Serna, Henri Michaux, Yeats, Szymborska, Bukowsky, Wallace Stevens, Herberto Helder, T. S. Eliot, Dylan Thomas, Teresa de Ávila, Ingeborg Bachmann y Robert Frost. Hay muchos más que, pese a no haber participado directamente en esta novela, constituyen los cimientos de lo que soy. Lamento no poder nombrarlos a todos, pero, si prestamos atención, los sorprenderemos agazapados entre las palabras de este libro.

«Nada es más útil al hombre que aquellas artes
que no tienen ninguna utilidad.»
Ovidio